ख़ामोश लफ़्ज़ों की दास्ताँ

Published By

ख़ामोश लफ़्ज़ों की दास्ताँ

Inked By

Anuradha Saxena

मैं अनुराधा सक्सेना हिंदी प्रतिष्ठा से स्नातक कर रही हूँ, एवं बिहार के भागलपुर जिला के एक छोटे से सधुआ गांव की रहने वाली हूँ!

मुझे अलग अलग तरह का लज़ीज़ पकवान खाना और घुमक्कर जैसी ज़िंदगी बेहद ही पसंद हैं, साथ ही अपने कल्पनाओं की दुनिया को चित्रों के द्वारा रंगबिरंगी रंगों से पन्नो पर उकेरना और ख़्वाहिशों की तितलीयों के पीछे पीछे भागना बेइंतहा पसंद हैं, एवं मैं अपनी अहसासों को शब्दों के मोतियों की मदद से कविता रूपी मालाएँ बिन्ने की कोशिश करती हूँ!

मुझे स्मरण नहीं है कि मैं कब से लेखनी शुरू की हूँ, पर जहां तक धुंधली सी स्मृति है वह यह है कि आज से लगभग दो-ढाई साल पहले किसी दुखदवस मेरे हृदय के एक कोने में कुछ

शब्द बुलबुला सा उठा और शायरी का रूप ले लिया जो कि वह शायरी मेरी प्रथम शायरी थी और वह प्रथम शायरी कुछ यूँ थी -

"वो अक्सर कहते हैं, तेरा मेरा रास्ता अलग हैं, जो कभी एक नहीं हो सकता, पर वो ये क्यों भूल जाते हैं? रास्ता चाहे जैसा भी हो आखिरकार कहीं ना कहीं मिल ही जाता है!!

यह मेरा पहला अवसर होगा जब मेरी कोई रचनाएं सोलो बूक के रूप में प्रकाशित होगी, वरना यूँ तो

"ना शायरा हूँ मैं, ना कवयित्री हूँ मैं, वो तो बस मेरी अहसास हैं, जिसे कोरे-काग़ज़ पर अल्फाजों की मदद से उतारती हूँ!! "

मैं तहे दिल से official
Pwo को धन्यवाद करना चाहूँगी, जिन्होंने मेरे हर लफ़्ज़ों को उड़ान दिया, और यह सुखद अवसर दिया!!

ABOUT THE BOOK

कभी कभी मैं बिल्कुल भी नहीं लिखना चाहती हुँ, परंतु मेरी अंत:आत्मा मुझे कचोटने लगती है, बेचैन करने लगती है, और इसलिए अपनी अंत:आत्मा को शांत करने के लिए अपने अहसासों को पन्नो पर उकेड़ना पड़ता है, हर अहसासों को लफ़्ज़ देना पड़ता है, पर वो भी आधी-अधूरी ही रहती हैं!

बचपन से ही मुझे कल्पनाओं की दुनिया बेहद पसंद रही है, क्यूँकि हक़ीक़त की दुनिया में अक्सर ही हम बँधे रहते हैं, पर कल्पनाओं की दुनिया में हर तरह से स्वतंत्र रहते हैं, उसी में से कुछ कल्पनाओं को, तो कुछ अपनी अहसासों को, तो कुछ अपनो के अहसासों को, तो कुछ दूसरों के अहसासों को लफ़्ज़ों में बाँध के काव्य का रूप दी हुँ, और उसी अहसासों का एवं मेरे शुरुआती दौर के काव्य का समावेस है "ख़ामोश लफ़्ज़ों की दास्ताँ"!!

INDEX

<u>ये कौन आता हैं?</u>

दिल के दरवाजे पे कोई बार बार कुंडी खटखटाते हुए

ये कौन आता है मचलती रातों में छुपाए उद्वेग लिए हुए?

शमां जलती है, शमां बुझती है,

ये कौन आता है जुगनुओं को हम-राह बनाते हुए?

समंदर की लहरें कभी आसमाँ छूती है,

तो कभी जमी चूमती है,

ये कौन आता है खुद में तूफ़ान-ए-हवादिस लिए हुए?

जश्न-ए-बहार है जहां, तो कहीं जश्न-ए-इश्क़ है जहां

ये कौन आता है जश्न-ए-ख़ामोशी लिए हुए?

<u>आत्महत्या</u>

कतरा कतरा हाथ की नसों से

खून बह रहा है।

फर्श पर फैला यह लाल रक्त भी

आज काला नजर आ रहा है।

उम्मीदे दम तोड़ रही हैं,

साँसे जिस्म छोड़ रही हैं।

अब बस थोड़ी ही देर में हो जाएगी,

जिंदगी की अमावस्या शुरू।

ऐसी अमावस्या जिसमें ,

पूर्णिमा का उजाला नहीं चढ़ेगा कभी।

और दिल एक बार फिर ऐलान करेगा।

तू हार गई है, हाँ 'अनु' तू हार गई है!

<u>पर कैसे कहूँ?</u>

सब को लगता हैं, मैं बदल सी गई हूँ!

पर कैसे कहूँ, तेरे बग़ैर मैं थम सी गई हूँ!

ये समाज अब समाज नहीं, महज़ भिर सी लगती हैं!

ये अपनापन अब अपनापन नहीं, महज़ दिखावे सी लगती हैं!

सब को लगता हैं, मैं बदल सी गई हूँ!

पर कैसे कहूँ, तेरे बग़ैर मैं थम सी गई हूँ!

ये चाँद, ये तारे, ये दिन, ये रात, अब प्यार की बातें नहीं,

महज़ प्रकृति की देन सी लगती हैं,

सब को लगता हैं, मैं बदल सी गई हूँ!

पर कैसे कहूँ, तेरे बग़ैर मैं थम सी गई हूँ!

ये क़समें , ये वादें, ये इरादे, झूठी सी लगती हैं,

ज़िंदगी की मंज़िल तो बस मौत सी लगती हैं!

<u>एक चेहरा धुँधला सा</u>

एक चेहरा धुंधला सा,

न जाने किसका है।

अक्सर ही मेरी नजर उस पर,

जा टिकती है।

उसे जितना ही गौर से देखने की,

कोशिश क्यूँ ना करूँ।

अंत में, धुंधली ही हो जाती है।

उसकी सोच लिए कितना भी आगे बढ़ने की,

कोशिश क्यूँ ना करूँ।

उसकी कोशिश हमेशा मुझसे दूर चले जाने की होती है।

और यह सिलसिला हर रोज़ यूँही चला करता है।

न जाने ऐसा क्या है जो,

आंखें खुलते ही,वो गायब हो जाता है।

और एक अजीब सा अधूरापन छोड़ जाता है।

उसकी ख्यालों में खोई खोई,

हमेशा ही सोचती रहती हुँ।

कि एक दिन तो ऐसा आयेगा,

जब ये चेहरा साफ हो जायेगा।

और जिस दिन ये नजर आया।

उसी दिन उसे अपनी नज़रों में,

हमेशा के लिए कैद कर लूँगी।

उसे अपने दिल में समा लूँगी

और हकीकत की दुनिया में बसा लुंगी ।।

<u>आईना</u>

इस पार भी मैं थी ,

और उस पार भी मैं थी ,

हाँ दोनो तरफ मैं ही मैं थी ,

निकालती तो कैसे निकालती खुदको ?

आखिर ये पहेली भी तो कुछ अजीब थी ।

देख मेरी वो सारी हरकते

करने लगी थी खुद की मनमानी ,

बिना मेरे इज़ाज़त के ही

दोहराने लगी थी मेरी नकल ,

जैसे जैसे मैं करती ,

वैसे वैसे मेरे साथ साथ वो भी करती ।

कभी मैं उसे आँखें दिखाती ,

तो कभी उसे देख मैं मुँह बनाती ।

कभी उसे चिढ़ाती ,

तो कभी उसे देख आँख मारती ।

कभी बंदर सी हरकते कर उसे भी करवाती ,

तो कभी हाथी बन उसके सामने झूम जाती ।

कभी अचानक से उसके सामने आ जाती ,

तो कभी आहिस्ता से उसकी तरफ झाँकती ।

ये सब हरकतें कर , जितना मज़ा मुझे आता ,

शायद उससे कई ज्यादा मज़ा उसे है आता ।

पर वो कभी ना थकती ।

एक दिन अपने मन की पीड़ा लिए उसके सामने आई ,

और उदास जैसी चेहरा बनाने के बदले ,

उसे हँसते, मुस्कुराते दिखाई ।

तब समझ मे मुझे है ये बात आई ,

ये तो बस वही कर पाती है ,

जो मेरे देह की चाल रहती है ,

मेरे अंदर की भावनाओं को तो वो समझ ही नहीं पाती ।।

<u>तो क्या होता</u>

ग़र ऐसा हो सकता कि वो अपने लिए मेरे दिल में,
वही अहसास जगा सकता, जो अहसास वो मेरे लिए करता है,
तो क्या होता ?

ग़र ऐसा हो सकता कि,
मैं उसके संग पूरी ज़िंदगी
बिताने को राज़ी हो जाती ,
तो क्या होता ?

ग़र ऐसा हो सकता कि
मैं उसके लिए पूरी दुनिया से ,
इस समाज से , अपनो से , लड़ जाती ,
तो क्या होता ?

ग़र ऐसा हो सकता कि,
सबो को छोड़ मैं केवल उसे चुनती ,
तो क्या होता ?

ग़र ऐसा हो सकता कि ,
मैं सिर्फ और सिर्फ
उसका ही बनके रह जाती ,
तो क्या होता ?

ग़र ऐसा हो सकता कि
उसके हर ख़ुशियों को
उसके दामन में ला के रख देती ,
तो क्या होता ?

ग़र ऐसा हो सकता कि
इस जहां को छोड़ कहीं दूर
उस जहां सिर्फ मैं और वो रहता ,
तो क्या होता ?

ग़र ऐसा हो सकता कि
उसे उसकी चाँद मिल जाती,
तो क्या होता ?

ग़र ऐसा हो सकता कि
उसका ख्वाब पूरा हो जाता ,
तो क्या होता ?

शरमा जाती हूँ

जब जब उसकी नज़रें मेरी नज़रों से जा मिलती हैं।

मैं नज़रें चुरा, शरमा जाती हूँ।

जब जब वो मेरी ज़ुल्फ़ों पे हाथ फेरता है।

मैं ज़ुल्फ़ें समेट, शरमा जाती हूँ।

जब जब वो मुझसे प्यार भरी बातें करता है।

मैं बातें सुन, शरमा जाती हूँ।

जब जब वो मेरी पलकें चुमा करता है।

मैं आँखें बंद कर, शरमा जाती हूँ।

जब जब उसके लब मेरे लबों तक पहुँचते हैं।

मैं उसे रोकती हुई पकड़, शरमा जाती हूँ।

<u>सच सच बतलाना</u>

अनु! सच सच बतलाना, सब्बू के विरहशोक में,

सिर्फ़ मन उदास था या तुम भी टूट चुकी थी,

अनु! सच सच बतलाना!!

तुम्हारे "ख़्वाबों के दर्द" में

दो कलियों के प्रेम सम्बन्धों में

वो दो तारे थे या तुम थी?

जब समाज को सच्चाई का पता चला,

वो ख़्वाब पूरा होने से पहले ही ख़्वाब अधूरा हुआ,

उन दो कलियों के क्रंदन सुन आँसू से,

तुम ही तो ड्ग धोई थी ना?

अनु! सच सच बतलाना, सब्बू के विरहशोक में,

सिर्फ़ मन उदास था या तुम भी टूट चुकी थी!!

मौसम ये सुहानी थी, दिल वो बेगाना था,

इंतज़ार सदियों का , वो पुराना अफ़साना था,

उसके आने की उम्मीद टूटने पे,

उसका यूँ अचानक एक रात तेरे साथ गुज़ारना था,

और दूसरे ही पल में लालिमा के साथ साथ ख़ुद चले जाना था,

अनु! सच सच बतलाना, सब्बू के विरहशोक में,

सिर्फ़ मन उदास था या तुम भी टूट चुकी थी!!

अच्छा छोड़ो, चलो वो कोई पुराना अफ़वाह होगा,

सदियों से चली आ रही विरह का कोई क़िस्सा होगा,

कल्पित कहानियों में से कोई हिस्सा होगा!

अनु! सच सच बतलाना, सब्बू के विरहशोक में,

सिर्फ़ मन उदास था या तुम भी टूट चुकी थी!!

<u>वो कहते है</u>

वो कहते है ,

बहुत याद आती हो तुम

ग़र याद आती हूँ तो

हिचकियाँ क्यों नही आती है मुझे ?

वो कहते है ,

तेरी आवाज सुनने को , तेरी शरारतें देखने को ,

तरस जाता हूँ मैं ,

ग़र तरस जाते हो तो

मेरी ज़िंदगी में वापसी क्यों नहीं कर लेते हो ?

वो कहते है ,

ख्वाबों में भी नज़र आ जाती हो तो ,

मेरे खुशी का ठिकाना नहीं रहता है,

ग़र खुशी का ठिकाना नहीं रहता है ,

तो हक़ीक़त क्यों नहीं बना लेते हो मुझे ?

वो कहते है,

तेरी तस्वीरें देख देख के मेरा रात होता है,

तेरी तस्वीरें देख देख के मेरा दिन गुज़रता है,

ग़र तस्वीरें देख दिन गुजारते हो,

तो सामने मुझे देखते ही नज़रें क्यों फेर लेते हो ?

मोहब्बत

उसे मोहब्बत है मुझसे,

मुझे मोहब्बत है, रंग बिरंगी तितलियों से ।

उसे मोहब्बत है मेरी मुस्कुराहटों से,

मेरी मुस्कुराहटों को मोहब्बत है,

अपनों की खुशियों से ।

उसे मोहब्बत है मेरी उड़ान भरती ख़्वाहिशों से,

मेरी उड़ान भरती ख़्वाहिशों को मोहब्बत है,

हर रोज बुनते नए ख़्वाबों से।

उसे मोहब्बत है मेरी चमकती आँखों से,

मेरी आँखों को मोहब्बत है उन ख़्वाबों से,

जो वो हर रोज अपनी आँखों मे संजोती है ।

उसे मोहब्बत हैं, मेरी जुल्फों से,

मेरी जुल्फ़ों को मोहब्बत है,

उन हवाओं से, जो आहिस्ता से छूते हुए,

मुझे एक अलग अहसास, दे जाती है ।

उसे मोहब्बत है मेरी कविताओं से,

मेरी कविताओं को मोहब्बत हैं,

उसमे छिपे हादसाओं से,

उनमें छिपे रहस्यमयी दुनिया से।

<u>यादों में</u>

तू मेरे यादों में चुपके से

मेरे सिरहाने के पास बैठ ,

कभी मेरे जुल्फों को सहलाता हैं ,

तो कभी माथे को चूमता है ।

जब मैं स्वप्नलोक में चली जाती हूँ

तो तू भी चुपके से ,

मेरे पीछे पीछे चला आता है ।

मेरे स्वप्नलोक में आ

कभी मेरे संग खामोशी से वक्त बिताता है ,

तो कभी मेरे साथ शरारतें करता है,

डांट देती हूँ तो रूठ जाता है ,

चुम लेती हूँ तो मान जाता हैं ,

आँखें खुलते ही कही चला जाता हैं ,

बस रह जाती हैं तो उन यादों की खुश्बू।

सीखो

गर तुम मेरी खामोशी को समझना चाहते हो तो ,

पहले मेरे अनचाहे जज़्बातों को पढ़ना सीखो ।

गर तुम मेरे दिल मे बसना चाहते हो तो ,

पहले मुझसे मोहब्बत करना सीखो ।

गर तुम मेरी बाहों में ठहरना चाहते हो तो ,

पहले मेरे अहसासों में जीना सीखो ।

गर तुम मेरी आँखों मे चमकना चाहते हो तो ,

पहले खुद में जीना सीखो ।

गर तुम मेरे होठों पे बिखरना चाहते हो तो ,

पहले मेरे लबों पे उतरना सीखो ।

गर तुम मेरे जिस्म को छूना चाहते हो तो

पहले मेरे रूह में महसूस होना सीखो ।

गर तुम मेरी ख़्वाहिशें बनना चाहते हो तो

पहले मेरे ख्वाबों में आना सीखो ।

गर तुम मुझमे जीना चाहते हो तो

पहले खुद से मोहब्बत करना सीखो।

इंतज़ार

वो मुहब्बत की गलियों में, हर रोज घूमा करती है ,

अपने आशिक़ को, बस यूँ ही ढूंढा करती है ,

मिले या ना मिले,

पर हर रोज चौराहे पे इंतज़ार किया करती है ,

किया था वादा साथ चलने का,

जन्मों जन्म साथ निभाने का ,

वो लौट के आएगा उसकी ज़िंदगी में,

फिरसे ख़ुशियों की बहार लाएगा ,

बस इसी उम्मीद में वो,

पलकें बिछाए निगाहें टिकाए बैठा करती है।

दुनियाँ वाले कहते है,

अब तो छोड़ दो उसकी राहें तकना ,

एक बार जो मिट्टी में मिल जाता है,

राख बन फिर बह जाता है ।

पर वो आस ना छोड़ती,

बस सबसे यही कहा करती,

साथ जीने साथ मरने का वादा था किया उसने ,

यूँ मुझे बैरागी संसार मे अकेला छोड़,

वो कभी नहीं जाएगा ,

वो लौट के वापस जरूर आएगा ।।

वक़्त-दर-वक़्त

तूने जो हाथ थामा था, वो हाथ वक़्त-दर-वक़्त

कहीं छूटता ही जा रहा है।

तूने जो कदमों से कदम मिलाया था

वो कदम वक़्त-दर-वक़्त, पीछे होता जा रहा है।

तूने जो हमारे ख़्वाबों को एक किया था

वो ख़्वाब वक़्त-दर-वक़्त, टूटता ही जा रहा है।

तूने जो अल्फ़ाज़ बनाया था,

वो अल्फ़ाज़ वक़्त-दर-वक़्त, शब्दों में बिखरता ही जा रहा है।

तूने जो धड़कनो को सीमित किया था

वो धड़कन वक़्त-दर-वक़्त, लंबी होती जा रही है।

तूने जो मेरे आँसुओं को अपने कंधे का सहारा दिया था

वो आँसूं वक़्त-दर-वक़्त, सूखते ही जा रहे है।।

<u>वो लौट आया</u>

उसके होठों पे बहुत दिनों बाद, सुकून की लकीर नजर आई थी ,

उसके आँखों में बहुत दिनों बाद, खुशियों की चमक नजर आई थी ,

आती भी कैसे ना ,

आख़िरकार ख़्वाबों से निकल, हक़ीक़त की दुनियाँ में ,

उसकी चाँदनी उसे नजर आई थी ।

उम्मीदें खो बैठी थी, चैन गवा बैठी थी ,

मोहब्बत के दरवाजे पे ख़्वाहिशें लुटा बैठी थी ,

अपने चाँद के दिल में घर बना के भी बेघर हो बैठी थी ,

बार बार दिल के दरवाजे पे कुंडी खटखटाती,

पर फिर भी कभी कोई आहट तक ना आई थी ,

आज अचानक उसकी जिंदगी में ,

अमावस्या की काली साया हट कर ,

पूर्णिमा का उजाला नजर आया था ,

वो समझ नहीं पा रही थी ,

आखिर ये हकीकत थी थी या अब भी ख़्वाबों में ,

गर हकीकत थी, तो अब कभी उसे खोना नहीं चाहती ,

गर ख़्वाबों में थी, तो अब कभी वो जगना नहीं चाहती।।

तलाश करती हूँ

तुझे अब हर गलियों, हर चौराहे पे,

तलाश करती हूँ।

जब भी गुजरती हूँ उस बगीचे से,

जहाँ एक दूसरे के बाहों में समय बिताया करते थे।

तुझे मेरा इंतजार करते, तलाश करती हूँ।

जब भी कभी देखती हूँ, किसी को हँसते मुस्कुराते,

तुझे कहीं खिलखिलाते, तलाश करती हूँ।

जब भी कभी रातों के सन्नाटों में छतों पे जाती हूँ

तुझे मेरा हाथ थामें, प्यार भरी बातें करते,

तलाश करती हूँ।

जब भी कभी देखती हूँ, आइसक्रीम वाले भैया को ,

तुझे मेरे लिए आइसक्रीम लेते, तलाश करती हूँ।

जब भी कभी किसी लड़के से पंगा लेती हूँ ,

तुझे मेरे लिए उसे डांटते, तलाश करती हूँ ।

कभी किसी की बाहों में तो,

कभी किसी वादियों की मस्त फिजाओं में,

तुझे तलाश करती हूँ ।

कभी गर्मी की शीतलता में, तो कभी ठंड की गर्माहट में,

तुझे तलाश करती हूँ ।

तलाश, तलाश और सिर्फ तलाश करती हूँ ,

उम्मीद है, एक ना एक दिन, जरूर मिलोगे

पर तब तक ये निगाहें सिर्फ और सिर्फ

तुझे ही तलाश करेंगी।।

<u>तो क्या हुआ</u>

जब कलियों को फूलों से मुहब्बत हो सकती है,

चाँद को तारों से मुहब्बत हो सकती है।

तो नदियों को पर्वतों से मुहब्बत क्यूँ नहीं,

झाड़ियों को पेड़ों से मुहब्बत क्यों नहीं।

देख किसी को धड़का ना था दिल ये पहले,

पर अब उस उम्रदराज़ को देख धड़का है दिल तो क्या हुआ।

सुना है हम उम्र अक्सर ही धोखा दे जाते हैं

दिल लगा के दिल ही तोड़ जाते हैं।

ऐसे में ग़र परिपक्व को सौंप दूँ अपना दिल तो क्या हुआ,

महफूज हो जाऊं उनकी धड़कनो में तो क्या हुआ।

जिन्दगी जीते जीते , तजुर्बे लेते लेते,

अपनों के गिले शिकवों का बोझ ढोते ढोते ,

ग़र वो मेरी बाहों में थम ही गया तो क्या हुआ।

चिरागों को जलाते जलाते खुद बुझने लगें,

बुझती दिया में लौ जल जाए तो क्या हुआ ,

ये दरिया मनु उस सागर में समा जाये तो क्या हुआ।।

चाल समय की

घड़ी की सुईयां रुक जाएगी, पर तुम चलते रहना।

वक़्त दर वक़्त समय का पहिया बदलते जाएगा,

बस तुम न बदलना।

सूर्य की किरणें, चाँद की चाँदनी डूबते जाएगी,

बस तुम है बिखरते जाना।

उतार चढ़ाव आएगी ज़िंदगी में, कभी संभलना कभी गिरना,

यूँ ही चलता जाएगा, बस तुम कभी ना थमना।

बारिश की बूंदें, पतझड़ की रूखी, तुझको सताएगी

पर तुम खुद को हरियाली बनाए रखना।

कभी अंधेरों में तो कभी उजालों में ज़िन्दगी नजर आएगी,

पर तुम सतरंगी की चादर ओढ़े रखना।

पहाड़ों की चट्टान तुझसे टकराएगा, समुन्द्र की लहरें तुझको बिखराएगी,

पर तुम हमेसा हवाओं की भांति धीमी सी चालों में चलते रहना।

फूलों की कलया कभी मुरझाना सिखलाएगी,

तो कभी खिलना सिखलाएगी, पर तुम खुद में महकते रहना।।

<u>मैं याद आऊँगी</u>

किसी और से मुहब्बत करोगे,

तो मैं याद आऊँगी!

जब भी प्यार भरी नज़रों से उसे देखोगे,

तो मैं याद आऊँगी!

सुबह की चहचहाट जब तुझे जगाएगी,

ख़्वाबों से निकलते हुए,

बिस्तरों की सिलवटों पे नजर तेरी जाएगी,

तो मैं याद आऊँगी!

अपनी महबूबा से जब बातों बातों में ही

अपनी आपबीती सुनाओगे,सुनाते सुनाते ही,

मैं याद आऊँगी!

लटों को सवारते सवारते , मन जब बहक जाएगा,

तब तेरे होठ उसके होठों तक जाते जाते,

मैं याद आऊँगी!

अनायास ही जब वो पीछे से आएगी,

और अचानक ही तुझे अपनी बाहों में भर लेगी,

तो मैं याद आऊँगी!
चलते चलते जब वो हाथ थाम लेगी तेरा,
तुझे एक अलग सा अहसास दे जाएगी,
तो मैं याद आऊँगी!

अपने कामों में व्यस्त देख तुझे,
उसे जब तुझे तंग करने की मस्ती सूझेगी,
तो मैं याद आऊँगी!

सांझ बेला होने लगे, दिन जब डूबने लगे
खुशियों का आगमन होते होते, ग़मों का आगाज़ हो जाए,
तो मैं याद आऊँगी!

चाहोगे हर पल उसके ख़्वाबों में खोना, पर खो बैठोगे मेरे ख़्वाबों में,
देखोगे उसकी आँखों को और डूब जाओगे मेरी आँखों में!

कुछ यूँ ही मेरी यादों का सिलसिला तेरे दिल मे घर करते जाएगी,
और एक दिन तुम खुद, खुद से ज्यादा मुझसे मुहब्बत कर बैठोगे!!

<u>वो हार गई</u>

इस जहां में ना सही, पर अब उस जहां में मेरी होना चाहती है वो,
साथ जिए या ना जिए, पर अब साथ मेरे मौत से गले लगाना चाहती है
वो ,
यह सोचके अब,खुद को खत्म करना चाहती है वो ,

हाँ बस , मेरी होना चाहती है वो ।

प्यार से उसे समझाया मैंने ,
नफरत के रास्ते भी दिखाया मैंने,
पर अब किसी की भी सुनना नहीं चाहती है वो,

हाँ बस , मेरी होना चाहती है वो ।

वक्त के साथ चलना नहीं चाहती वो ,
अपनी अंधेरी जिंदगी में अब जीना नहीं चाहती वो ,
अब बस मेरे बाहों में एक आखरी,
सुकून की सांस ले लेना चाहती है वो,

हाँ बस , मेरी होना चाहती है वो ।

बहुत थक गई है, खुद से लड़ते-लड़ते ,
सबको अपनी अहसास समझाते समझाते ,
अब बस हमेशा के लिए खामोश हो जाना चाहती है वो,

हाँ बस , मेरी होना चाहती है वो ।

<u>कैसे?</u>

राह अंजाना सा, मंजिल पहचाना सा,

एक तुम ही तो हो, कोई अपना सा!

मुश्किलों का आगाज़ हुआ है, हुआ खुशियों का अंत,

गर तुम ही साथ छोड़ दोगे, तो कैसे जिएंगे हम ?

चाहतें मंजिल तक थी, पर है अब भी राहों में,

कांटें देख पाँव पीछे कर लोगे, तो फिर कैसे मिलेंगे हम ?

साजिशें है हर तरफ, बस है एक तू ही सच्चा,

बीच मझदार में साथ छोड़ दोगे, तो फिर कैसे होगा किनारा पार!!

क्यूँ

क्यूँ कभी कभी

किसी की ज्यादा मोहब्बत देख,

उसे छोड़,भाग जाने को जी करता है?

तो कभी कभी किसी की नफरत भी,

प्यार लगने लगती है।

क्यूँ कभी कभी

किसी का ज्यादा परवाह करना,

काटने को दौड़ता है?

तो कभी कभी किसी की लापरवाही भी ,

अच्छी लगने लगती है।

यूँ कभी कभी किसी के पास होकर भी

बेचैनी सी लगती है?

तो कभी-कभी

किसी से दूर जाकर भी,

उसकी यादों में सुकून सा मिलता है ।

<u>कुछ कुछ होता है</u>

यूँ सुबह जल्दी उठ, तुझे 'गुड मॉर्निंग जान' कहना

और फिर से सो जाना।

तब जो मीठी-मीठी ख्वाबें आती हैं,

तुम्हे पता है , तब कुछ कुछ होता है।

यूँ तो लगता है कभी कभी दबे पाँव से तुम

मेरी ओर सिरहाने के पास बैठ

मुझे चुमने वाले ही होते हो।

तुम्हे पता है, तब कुछ कुछ होता हैं!

यूँ आइने के पास खड़ी हो

कभी कभी कुछ अजीबो-ग़रीब सा हरकंत चेहरे पर करती हूँ।

तो लगता है तू वहीं खड़ा मुझे तक सा रहा है

जब मैं तुझसे पुछती हुँ।

बिन कुछ कहे ना में अपना सर हिला देते हो

तुम्हे पता है, तब कुछ कुछ होता है।

यूँ तुझसे बाते करते करते

कभी कभी रोमांटिक सा मुड में हो जाना

और तुझसे उन अदाओं में बातें करना

फिर एकाएक खयाल आते ही चुप सा हो जाना

तुम्हे पता है, तब कुछ कुछ होता है।।

©अनुराधा सक्सेना

POETRY WORLD ORG.

www.ingramcontent.com/pod-product-compliance
Lightning Source LLC
Chambersburg PA
CBHW031002180726
47993CB00018B/1519